PRINC SRDCA ZLATA

PRINC SRDCA ZLATA

ALDIVAN TORRES

Canary Of Joy

Contents

1 Princ Srdca zlata   1

I

Princ Srdca zlata

Aldivan Torres

PRINC SRDCA ZLATA

Autor: Aldivan Torres
© 2020- Aldivan Torres
Všetky práva vyhradené.

Táto kniha, vrátane všetkých jej častí, je chránená autorským právom a nemôže byť reprodukovaná bez súhlasu autora alebo prevedená.

Aldivan Torres, narodený v Brazílii, je konsolidovaný spisovateľ v rôznych žánroch. Zatiaľ boli tituly publikované v desiatkach jazykov. Od svojho veku bol vždy milovníkom umenia písania, pričom upevnil profesionálnu kariéru od druhého semestra roku 2013. Vašou úlohou je dobyť srdce každého z vašich čitateľov. Okrem literatúry sú jej hlavnými zábavami hudba, cestovanie, priatelia, rodina a potešenie zo samotného života. „Pre literatúru, rovnosť, bratstvo, spravodlivosť, dôstojnosť a česť človeka vždy" je vaše motto.

Princ Srdca zlata

Princ Srdca zlata

Princ zo zlata

Princ zo zlata 2

Princ zo zlata 3

Princ zo zlata 4

Princ zo zlata 5

Princ zo zlata 6

Princ zo zlata

Princ Zaci
Čo sa deje, Taú? Kde to sme?
Taú
Uniesli nás a zatkli, Zaci. Smola prišla po nás.
Zaci
Čo sa stane teraz? Kam ideme?
Taú
Zdá sa, že nás berú na nový kontinent.
Zaci
Môj Bože. Vôbec sa mi to nepáči. Nechcel som opustiť svoju krajinu. Okrem toho, musím vládnuť kráľovstvu a žene, ktorú milujem. Čo sa stane s mojimi ľuďmi v Južnom Sudáne?
Taú
Ani ja som tam nechcel odísť. Ale byť s tebou v tejto situácii mi dáva silu. Zjednocujeme sa a pokúsime sa prežiť tento chaos.
Zaci
Pravda. Vďaka za podporu. Neviem, čo by som bez teba robil. Môj najlepší priateľ od detstva.
Taú
Nemusíš mi ďakovať. Potrebujem aj tvoju podporu. Dúfam, že nás ochráni.

Zaci

Nech ťa počuje.

Kapitán

Prestaň tárať a začni pracovať, negri. Vymyte loď.

Taú

Hneď sme tam, pane.

Umývam loď

Žena

Môj Bože. Aké kruté od teba! Táto práca je veľmi ťažká.

Zaci

Nebojte sa, pani. Sme v poriadku. Ako sa voláš?

Žena

Sabrina a ty?

Zaci

Zaci. Rád vás spoznávam.

Taú

Volám sa Taú. Sme zvyknuto na tvrdú prácu. Budeme odolať, pretože naša vôľa za slobodu je väčšia než čokoľvek iné.

Žena

Ale to je nespravodlivé. Boh stvoril slobodných mužov. Každý, bez ohľadu na rasu, si zaslúži byť rešpektovaný.

Zaci

Toto je svet ilúzie. Finančné záujmy sú na prvom mieste. Ale viem, že pre Boha sme si rovní.

Taú

Môžeme žiadať len silu, aby sme mohli zniesť všetku nepriaznivosť. Sme bojovníci a nevzdáme sa ľahko.

Žena

Veľmi zaujímavé. Chcel som vedieť tvoj príbeh. Môžete mi to povedať?

Zaci

Som kráľ v Južnom Sudáne. Žil som v paláci obklopenom služobníkom spolu s mojou ženou. Cudzinci napadli naše územie, znásilnili a zabili moju ženu. Potom nás uniesli. Preto sme tu.

Taú

Som asistent kráľa a jeho najlepšieho priateľa z detstva. Spolu sme boli v Afrike šťastní. Osud nám vzal všetko. Teraz musíme bojovať.

Žena

Tak sa brán. Môžeš sa na mňa spoľahnúť, keď budeš potrebovať.

Zaci

Ďakujem veľmi pekne, madam. Teraz choď preč, kým nás tu nájdu.

Žena

Dobre. Dobrá práca.

Párty v noci

Kapitán

Tancuj pre nás negri. Chceme sa radovať.

Čierny tanec

Kapitán

Nepáčil sa mi tanec. Nemal si chuť. Budeš potrestaný.

Scény bijúc ich mučení čierni.

Potom

Zaci

Kde to sme?

Taú

Som rád, že si sa zobudil. Trpeli sme hodiny rozdelené na tých bastardov. Zbili nás, kým sme neboli naša zima.

Zaci

Do čerta! Bastardi! Aká nenávisť.

Taú

Pokojne. Týmto urážkou nemáme čo získať. Budeme to musieť urobiť. Keď sa dostaneme na nový kontinent, môžeme vymyslieť únikovú cestu.

Zaci

Ak prežijeme, že? Spôsob, akým sa veci majú, bude veľmi komplikovaný.

Taú

Všetko je možné pre tých, ktorí veria v Boha.

Sabrina

Prišiel som, láska a priniesol som jedlo. Musíš zostať silná.

Zaci

Ďakujem, Sabrina, ďakujem. Naozaj sme to potrebovali.

Sabrina

Nič to nebolo. Sľúbil som, že pomôžem. Milujem sa zúčastňovať dobrých pričiň.

Taú

Aj tak sme veľmi vďační. Si anjel v našom živote.

Sabrina

Považuj ma za služobníka Božieho. Je to dlhá cesta. Budem s tebou stále.

Zaci

Nech vám Boh žehná.

V novej krajine

kapitán

Prišli sme do Mimoso. Toto je koniec pre vás

negrov. Predal som ťa farmárovi. Budete jeho otrokmi.

Zaci

Aký pád pre niekoho, kto bol kedysi kráľom! Ale takto by to malo byť. Stále za to zaplatíte, kapitán!

Kapitán

Nie ste v pozícii, aby ste sa vyhrážali! Radi by sme boli nažive. Mohol som urobiť niečo horšie.

Taú

Ale neurobili ste to, aby ste sa vyhli zraneniu. Sme pre vás len komodity. Teraz, keď sme ľudské bytosti s hodnotami. To je niečo, čomu nikdy nepochopíš.

Kapitán

To stačí! Farmár je už na ceste! Vďaka Bohu, že som sa ťa zbavil raz a navždy.

BIG HOUSE

Aluízio

Dcéra, pár čiernych práve prišlo z hlavného mesta. Idú pracovať na farme. Chceš ísť so mnou za nimi?

Catherine

Samozrejme, oteč. Potrebujem nových otrokov vo veľkom dome. Vyberiem si osobne.

V korále
Catherine
Sú nádherné, oteč. Splnil by si mi želanie?
Aluízio
Čokoľvek chceš, dcéra.
Catherine
Chcem, aby pre mňa pracovali v mojom súkromnom priestore. Chýba mi mužská prítomnosť okolo mňa.
Aluízio
Dobre, dcéra moja. Sú vám k dispozícii.
Catherine
Dobre. Ako sa volajú?
Zaci
Volám sa Zaci. Som k vašim službám, slečna.
Taú
Volám sa Taú. Rád vám pomôžem. Nič zlé sa ti nestane. Môžeš nám veriť.
Catherine
Páčite sa mi. Zachránil som ti tvrdú prácu. Všetko čo musíš urobiť je držať krok a robiť domáce práce, pretože v tom nie som dobrý.
Taú
Som vynikajúci kuchár a Zaci je skvelý bojovník. Nemohli ste byť v lepších rukách.

Catherine

Tá informácia sa mi naozaj páči. Dúfam, že tu budete šťastný. Okrem toho viem, že je ťažké byť otrokom vo vzdialenej krajine, ale takto funguje zákon. Súcitím s príčinou otrokov.

Zaci

Vyzeráš, ako skvelý človek. Začal som ťa mať rád.

Taú

Tiež som ju mal rád. Veľmi slušný, inteligentný a pekný. Dosť skromné pre majiteľa pôdy.

Catherine

Ďakujem vám, obom veľmi pekne. Som vyvinutá žena. Myslím, že budeme spolu vychádzať dobre.

Princ zo zlata 2

V dámskej izbe

Catherine

Ste tu už celé dni a ja o vás nič neviem. Rád by som poznal viac vašej histórie. Môžete mi to povedať?

Zaci

Bol som kráľom v Južnom Sudáne. Žil som

pompézny a radostný život. Okrem toho, som bol slúžení miliónmi a moja vláda ich všetky múdro režírovala. Boli pamätné a cnostné časy, až kým sa nestalo to najhoršie. Okradli nás a uniesli. Priviedli nás sem.

Taú

Bol som jeho pomocník. Zúčastnil som sa vlády s niekoľkými projektmi. Boli sme rešpektovaní a šťastní. Dnes nemáme nič.

Catherine

Nehovor tak. Spôsobuje mi to vážne smútok. Myslím si, že otroctvo je úplne nespravodlivé. Preto som ich chcel chrániť. Viac, ako služobníci, budete moji priatelia a dôverníci. Nič ti nebude chýbať. Myslím, že sloboda nie je tak ďaleko. Na obranu slobody čiernych v krajine existuje niekoľko sociálnych hnutí. Spoločnosť sa vyvíja postupne a nespravodlivosť bude napravená.

Zaci

Dúfam, slečna. Po všetkých tých smutných faktoch si bola dobrá vec, čo sa nám stalo. To nám dáva nádej na lepšiu a spravodlivejšiu budúcnosť. Vyzeráš, ako moja žena. Bola som spokojná s mojou ženou v Afrike. Mali sme veľa šťastných časov. Cestovali sme spolu a pracovali. Okrem toho sme boli úplne prepojení. Opustiť ju mi prinieslo veľa smútku. Ešte som sa cez túto traumu nedostal. Bolo to viac, ako desať rokov trvalého spolužitia. V každom prípade, nájdenie vás nám pomôže cítiť sa lepšie.

Taú

Tiež som mal ženu a deti. Prináša nám to veľký smútok. Vaša prítomnosť a podpora sú okamžite dôležité. Potrebujeme veľa sily, aby sme čelili nášmu osudu. Mnohí z našich bratov zomreli. Zomreli v izbe otrokov, ponížení a mučení. Je to desaťročia poníženia a pohŕdania bielym mužom. Nie je fér pracovať na obohacovaní iných. Okrem toho nie je spravodlivé žiť sny iných ľudí. Máme našu individualitu a sny. Žiadame naše práva, ako ľudskú bytosť, akými sme. Okrem toho požadujeme našu slobodu a individualitu. Bez neho nikdy nebudeme šťastní.

Catherine

Rozumiem. Môžeš sa na mňa spoľahnúť. Som vám k dispozícii. Odvtedy sme priatelia. Budeme spolu páchať v práci a v živote. Okrem toho budeme tím, ktorý bude hľadať šťastie, slobodu a naplnenie. V budúcnosť mám veľa viery. Dúfam, že naša spoločná práca prinesie ovocie. Nevzdávajme sa dosiahnutia našich snov. Hoci sú prekážky obrovské, môžeme im čeliť s veľkým krémom, silou a vierou. Verím v náš potenciál a riešenie nápadov. Môžeme spolu vytvoriť niečo užitočné. No, to som musel povedať. Musím byť sám. Choď sa postarať o kone.

Zaci

Dobre, mladá dáma.

Taú

Ideme. Zostaň s Bohom.

Catherine

Trochu premýšľam. Aká bolesť si prešli tí dvaja. V súčasnosti žijú úplne iné príbehy. Chápem ich obavy a ich utrpenie. Sú v cudzej krajine, ako otroci. Toto je niečo veľmi bolestivé. Budem ich ochranca. Nič zlé sa vám dvom nestane. Cítim sa dobre v ich spoločnosti. Pripadajú mi, ako dvaja prieči. Jeden z nich má srdce zo zlata. Je milý a zdvorilý a užitočný. Veľký muž, ktorý prechádza nevhodným časom. Potrebujem pomôcť obom nájsť šťastie v tejto vzdialenej krajine. Je to misia, ktorú mám. O to ma nezaujíma. Chcem vás oboch vidieť šťastných. Prispievať k tomu ma poteší. Rozmýšľal som o mojej vznešenej trajektórii. Narodil som sa do bohatej rodiny, ale vždy som bol pozorný na potreby chudobných. Sme rovnakí ľudia. Som sestra čiernych, bielych, Indiánov alebo nejakej menšiny. Sme deti toho istého Boha.

Večera

Aluízio

Dobrú noc, dieťa moje. Ako pracujú zamestnanci na farme?

Catherine

Vedú si veľmi dobre. Vedel som otrokov a každý z nich sa riadil jeho úlohou. S mojou koordináciou sa zisky zvýšili. Žijeme v období finančného pokoja. To nám umožňuje urobiť nejaké extravagancie. Chcem nové šaty a topánky. Chcem dobré jedlo a dobrý voľný čas. Musíme využiť ovocie našej práce.

Aluízio

Súhlasím. Ale musíme ušetriť aj trochu peňazí. Je to bezpečný spôsob, ako sa vyhnúť kríze. Už je veľa chýb, že otroctvo čoskoro skončí. Úplne nás to bolí.

Catherine

Nemyslím si, že je to úplne zlé, oči. S rovnakými zamestnancami môžeme pokračovať za spravodlivejších podmienok. Bolo by to mimoriadne prospešné pre našich čiernych. Už teraz sme bohatí a odmeňovaní práce by bolo skvelé. V rozvinutých spoločnostiach neexistuje otroctvo.

Aluízio

Si skvelá dcéra, ale mizerný vizionár. Čím viac zisku pre nás, tým lepšie. Uprednostňujem veci tak, ako sú. Je to pre nás pohodlnejšie.

Catherine

Nesúhlasím, ale rešpektujem váš názor. Chcel som spravodlivejší svet.

Aluízio

Ako sa k vám správajú vaši služobníci?

Catherine

Dobre. Zistil som, že jeden z nich bol kráľ v Afrike. Kto vedel, že jeden z našich otrokov bol kedysi kráľom. To znie, ako fantázia.

Aluízio

To je naozaj úžasné. Ale buď opatrný. Musíme sa vyhnúť bližšiemu kontaktu. Každý máme svoje miesto.

Catherine

Viem to, oči. Ale mne sa zdajú byť dosť pokojní. Správajú sa ku mne veľmi dobre. Verím, že nie som vo veľkom nebezpečenstve.

Aluízio

Dobre. Čokoľvek, daj mi vedieť.

Princ zo zlata 3

Neskoro v úrode

Catherine

Dobrý deň, láska moje. Prišiel som skontrolovať farmu a zistiť, ako sa im darí. Myslím si, že táto práca musí byť vyčerpávajúca a únavná.

Taú

Sme na to zvyknuto, slečna. Práca ho dôstojne. Myslím si, že náš príspevok bude dôležitý pre rast hospodárstva krajiny. Okrem toho, aj keď sme otrokmi, je dobré sa cítiť užitočne.

Zaci

Sme veľmi dobre, mladá dáma. Toto nie je vhodné miesto pre ľudí z vašej úrovne. Mal by si odpočívať na farme. Silné slnko môže zraniť tvoju kožu.

Catherine

Nudila som sa na farme. Rád interesujem, rozprávam a vidím ľudí. Všetko pre mňa je otázka odrazu, plánovania a akcie.

Zaci

Chápem. Súcitím s tebou. Si tiež nádherný a charizmatický.

Catherine

Cením si vašu láskavosť. Je dobré sa cítiť nádherne. Kompliment od princa je pre mňa kritický. Každý deň sa cítim šťastnejšie vedľa teba. Môžeš sa spoľahnúť na moju pomoc. Budem tvoj ochranca.

Taú

Naozaj si to ceníme. Máme dôvod, aby sme snívali o lepších dňoch. Okrem toho budeme pokračovať v boji za otrokov. V tejto krajine sa v tejto krajine nachádza veľa pohybu.

Catherine

Máš moju podporu. Potrebujem zákon, aby som ich oslobodil. Všetci máme na to právo.

Zaci

Súhlasím. Je to, ako príslovie, všetko sa deje v správnom čase. Pracujme na našich cieľoch, ktoré príde víťazstvo.

V rybníku

Zaci

Bol to skvelý nápad prísť sem po dlhom dni práce. Ďakujem za príležitosť, madam.

Taú

Milujem tieto chvíle voľného času. V Afrike sme to robili často. Len premýšľam o tom, ako veľmi mi chýbaš.

Catherine

Nemusíš mi ďakovať. Je to veľká príležitosť na rozptýlenie. Zaslúžiš si to za svoju oddanosť práci. Môžeme sa lepšie spoznať.

Zaci

Začnem. Som dospelý, tvrdo pracujúci, čestný muž. Okrem toho mám kráľovskú krv a sedliacku dušu. Všetko, čo robím, je pre lásku môjho suseda. V jej pravidlách a hodnotách čelíme nespravodlivej spoločnosti. Cítim povinnosť bojovať s tým všetkou silou. Chcem, aby si ma pamätali na svoju postavu a odhodlanie.

Taú

Som dobrý sluha. Okrem toho si plním svoje povinnosti. Som tiež veľký spoločník a priateľ. Moji priatelia ma chvália za moju lojalitu. A ty? Kto ste, slečna?

Catherine

Narodil som sa do bohatej rodiny. Dobrá finančná situácia mi umožnila študovať a vlastniť svoj život veľmi skoro. Ale bez ohľadu na to, že som sa učil zo života. Viem, že realita väčšiny ľudí je iná, ako moja situácia. Mám zvláštne ocenenie za nesprávne menšiny. Okrem toho sa rád spojím so vznešenými príčinami. Chcem, aby sa spoločnosť vyvíjala a mala väčšiu rovnosť medzi ľuďmi. Všetci sme si rovní pred Bohom. Pokiaľ ide o osobný aspekt, som sladká, slušná, inteligentná panna. Mám dobré návyky a hodnoty. Musím sa priznať, že som vášnivý kvôli mužom, najmä čiernym.

Zaci

Dobre teda! Milujem ženy akejkoľvek farby. Ale viem, že som na inej úrovni. Rešpektujem svojich šéfov.

Catherine

Nemôžem tomu uveriť. Si princ, pamätáš? Tvoja úroveň je ešte vyššia, ako moja.

Zaci

Ale teraz som len obyčajný otrok. Nechcem ťa dostať do problémov, ale mám ťa rád.

Taú

Podporujem vás oboch. Ste krásny pár. Môžeš počítať s mojou ochranou. Nikto sa to nedozvie.

Zaci

Takže, chceš byť moja priateľka, Catherine?

Catherine

Chcem. Páčila si sa mi od začiatku. Okrem toho nie som predsudky, pretože som vzdelaná žena. Budeme spolu. Vždy som hľadal lásku môjho života. Teraz, keď som ju našiel, nestratím ho. Urobme krásny príbeh.

Zaci

Sľubujem, že ťa urobím šťastnou. S diskrétnosťou vybudujeme perfektný vzťah. Keď príde čas, budeme vedieť, ako konať. Viem, že ťa chcem mať, ako svoju ženu. Aj proti každému, budem bojovať za tú lásku.

Catherine

Aj ja budem bojovať za tú lásku. Sme slobodní a máme schopnosť milovať. Nezaujímajú ma pravidlá. Chcem žiť a byť šťastná.

Taú

Gratulujem páru. Nech láska vydrží navždy. Láska za to stojí. Toto sú dôležité momenty v našich životoch, ktoré nesmieme zmeškať. Užime si to, čo nám ponúka život. Už mám priateľku. Môj kráľ chýbala jeho láska. Želám vám všetko šťastie na svete. Nikto ťa nemôže oddeliť, pretože si uvedomujem, že sa naozaj milujete. Ako som povedal, som tu pre teba. Budem tvoj komplic stále. Zaslúžiš si byť šťastný.

Princ zo zlata 4

Veľký dom
Zaci

Tvoj otec je mimo mesta. Toto je pre nás veľká šanca na útek.

Catherine
Kam ideme, zlatko?

Taú
Poďme do Quilombo. Naši čierni bratia na nás čakajú.

Les

Zaci
Prečo si prijal moju ponuku? Je príliš riskantné, aby mladá panna utiekla z domu. Nemám ti čo ponúknuť.

Catherine
Pretože ťa milujem a mám rád intenzívne dobrodružstvá. Bohatý život sa na mňa nikdy nevzťahoval. Vždy som sa cítil v zlej pozícii. Uspokojím sa s malým. Všetko čo potrebuješ je láska a sloboda.

Taú
Si naozaj statočný. Ale, ako bude tvoj otec reagovať?

Catherine
Nechal som list, v ktorom som všetko vysvetlil. Môj otec by ma nikdy neodsúdil. Miluje ma.

Zaci

Ale neprijal ma, ako tvojho manžela. Musím sa brániť pred všetkými odplatami. Neľutujem svoje činy. Okrem toho som chcel byť slobodný v jeho plnom vyjadrení.

Catherine

Podporujem ťa, láska moja. Budem kdekoľvek budeš.

Na farme

farmár

Moja dcéra utiekla s tými dvoma černochmi. Čo zle som urobil, môj Bože? Vychoval som dcéru s takým nadšením, aby som z nej spravil negrov u ženu.

Guvernérska

Chápem tvoju bolesť, barón. Ale bola to jej voľba. Musíme to rešpektovať.

Farmár

Nebudem to rešpektovať. Chcem späť svoju dcéru. Navyše vás nahlásim úradom. Nájdem ich aj v pekle.

Delegovať

Čo je, Barón? Čo to má znamenať?

Farmár

Som rád, že si prišla. Dvaja černochovi vzali

moju dcéru do Quilombo. Toto je únos. Musíme pomôcť mojej dcére.

Delegovať

Si istý, že ju uniesli? Išli po nich je ľahkomyseľné. Vedia, ako sa brániť.

Farmár

Nechcem to vedieť! Požiadajte guvernéra, aby vám pomohol poslať vojakov. Ukážme tým negrom, ktorých šéf.

Delegovať

Dobre! Urobím, čo budem môcť.

Robím

Urob tú nemožnú vec! Chcem uspokojivé výsledky, inak prídeš o prácu.

Delegovať

Dobre, barón, dobre! Sľubujem, že výsledky získate.

V Quilombo

Zaci

Ste všetci, však? Ako sa cítiš?

Catherine

Šťastný a strach. Nechcem, aby si kvôli mne trpel. Mal si ma tu nechať. Je to jediný spôsob, ako by ste mali väčšiu šancu na útek.

Zaci

Nemal som žiadnu cestu von. Žiť, ako otrok je pre mňa veľmi hanebné, musel som riskovať. Mám kráľovskú krv. Okrem toho si zaslúžim nádej na slobodu a lásku.

Catherine

Myslím, že za to mám zodpovednosť. Čo sa stane potom? Už nás budú hľadať. Myslím, že nás budú chcieť nájsť za každú cenu. Možno vás zatknú, ale ja idem s nimi. Neotvorím túto lásku ani tvárou k smrti.

Zaci

Nikdy som si nemyslel, že nájdem bielu ženu tak odhodlanú. Pripomínate mi moju ženu z Afriky. Verím, že je to tiež láska. Láska je niečo úplne bez kontroly a nevysvetliteľné. Páči sa mi ten pocit. Verím v jeho moc produkovať zázraky, pretože Boh sám je láska. Sme plodom tejto lásky, ktorá prekračuje reinkarnácie. Som veľký veriaci v osud. Myslím si, že sme duchovia spojení s inými reinkarnáciami. V správnej chvíli sme sa ocitli v nepríjemnej situácii v tomto živote a bolesť nás zjednotila. Bolesť nám dáva odvahu a silu. Nádej a viera menia vzťahy. Akcie ukazujú, kto sme a po čom túžime. Sme zväz tržieb a bojov. Učitelia tvorcu vo svete odčinenia a súdnych procesov. A sme tu, čakáme na veci.

Catherine

Pravda! Sme pripravení na čokoľvek. Naša sila nás posilňuje a uteší. Počkáme na našich katov s našimi hlavami, ktoré sa vzali vysoko. Budeme čeliť nášmu osudu odvahou. Smrť nie je nič v porovnaní s našimi najdivokejšími snami. Musíš riskovať, že budeš šťastný.

Zaci

Nič sa ti nestane. Môžeš si oddýchnuť. Nech sa naši nepriatelia prenasledujú. Nejdem proti nim. Naozaj si želám, aby som mal dôvod hovoriť s tvojím otcom. Náš útek bol zámienka. Celý život som to nemohla udržať v tajnosti. Musíme stratiť strach a čeliť našim protivníkom. Vidím klebety, že otroctvo sa končí. Zostáva len podpísať zákon, ktorý sa môže stať v nasledujúcich dňoch. Prostredníctvom právnych predpisov chceme naše právo, ako občanov.

Taú

Upokoj sa. Na našej strane máme veľkého Boha. Všetko v našom živote je napísané. Som si istý, že ste napísali krásny príbeh pre seba. Tvoja láska je pravá. Máš právo byť spolu. Oboch vás podporím a ochránim. Som trénovaný bojovník. Sme silnejší, ako vláda.

Princ zo zlata 5

Zaci

Konečne si prišiel. Čakali sme s manželkou. Musíme sa okamžite porozprávať.

Barón

Urobil si mi veľkú hanbu. Uniesli ste moju dcéru bez vysvetlenia. Takto to nemôže pokračovať. Budete musieť zaplatiť za svoje chyby.

Catherine

To nie je pravda, oči. Prišiel som z vlastnej vôle. Musíš pochopiť, že sa milujeme a musíme byť spolu.

Taú

Som svedok. Vaša dcéra nebola nútená nič robiť. Chceli sme mať nárok na náš priestor. Potrebujeme tiež slobodu, ktorú si každý človek zaslúži.

Barón

Chcem len späť svoju dcéru a toho delikventa zamknutého. Splňte si svoju povinnosť, generál.

Generál

Hneď, Barón, okamžite. Milujem spravodlivosť.

Nebráň sa, neger. Bolo by lepšie prijať situáciu v mieri.

Zaci

Idem s tebou. Ostatných osloboď. Neubližujte nikomu.

Catherine

Pôjdem s tebou a budem bojovať za spravodlivosť. Bude to v poriadku, zlato.

Vo veľkom dome

Barón

Teraz je rad na nás hovoriť. Čo je to za šialenstvo, moja dcéra? S takýmto postojom sme boli vysmievaní celý región. Nemyslel si na hanbu, ktorú si vyprovokoval? Moja rodina je demoralizovala.

Catherine

Nezdemoralizoval som svoju rodinu. Len som chcel prevziať môj vzťah. Okrem toho si nemyslím, že je spravodlivé, aby mala pokrytecká spoločnosť právomoc diktovať môj osud. Chcem mať šancu užiť si to a byť šťastný. Podporujem slobodu pre všetkých ľudí, pretože takto nás Boh stvoril. Nebude to ani vy, ani nikto iný, kto by ma neudržal od šťastia. Ani smrť nemôže zastaviť pravú lásku. To ty si ma sklamal, oči. Očakával som vašu podporu a pochopenie v ťažkých časoch, ako je táto. Dúfal som, že pochopíte moje dôvody, prečo sa takto správate. Okrem toho som dúfal, že sa vzdáte sociálnych dohovorov a prijmete ma. To je pre mňa veľké sklamanie, oveľa väčšie, ako tvoje. Nerozumiete, že strácate jedinú lásku svojho života pre malicherné postoje? Kto sa o teba postará, keď budeš starší? Kto s vami bol celý život bez vysvetlenia? Očakával som od teba viac. Som tvoja jediná dcéra. Ak som utiekol, tak to preto, že som nemal na výber. Nie som šťastný v mojom osobnom živote. Nežiadal som o to, aby som sa narodil bohatý, alebo aby som bol prieskumník. Okrem toho, chcem byť ženou. Môj život sa bude ženiť a mať deti. Našiel som to v Pinče Zlatého srdca, moju pravú lásku. Rešpektuj moju voľbu a prepusti moju lásku.

Barón

Vyzerá to, že si sa nič nenaučil. Nepoznáte skutočný rozmer tohto problému. Sme zatknutí z dôvodu, dieťa. Je hanbou vziať si černocha, pretože nie je na vašej sociálnej úrovni. Okrem toho, je to otrok. Nerozumiete, že medzi vami je neprekonateľná priepasť?

Catherine

Nie je to moja sociálna úroveň. Je na vyššej úrovni. Okrem toho bol princom vo svojej krajine. Má vznešený rod. Ale bez ohľadu na to, že sa milujeme. Nič to nemôže zmeniť.

Taú

Dobrý deň vám všetkým. Prichádzam s skvelými správami. Princezná Elisabetha práve podpísala zákon. Odteraz sú všetci otroci slobodní. Nie je dôvod držať Žacieho pod zámkom. Budeme požadovať vašu slobodu.

Barón

Dobre, vyhral si. Môžeš ísť za ním. Ale nemáte moje požehnanie. Už o vás viac nechcem vedieť. Sen sa tu skončil. Nezaujíma ma, koľko mám rokov. Som stály bohatý a môžem nájsť dobrú ženu. Môžeš odísť okamžite.

Taú

Nepoznáte chybu, ktorú robíte. Vaša dcéra je úžasná osoba a nezaslúži si to. Starý mrzutý a ignorant. Budeš trpieť.

Catherine

Budeme rešpektovať vaše rozhodnutie. Nezomriem kvôli tvojmu pohŕdaniu, oči. Odídem zo svojím manželom šťastný život. Okrem toho, budem žiť svoj život s vierou v Boha. Môžem stratiť všetko v mojom živote, okrem mojej dôvery v Boha. Môžem vám len popriať veľa šťastia.

Policajná stanica

Taú

Prišli sme si po teba, šetriaci partner. Obnažovanie sa skončilo. Teraz sme si všetci rovní a slobodní.

Zaci

Aký úžasný dar života! Myslíš, že konečne môžeme byť šťastní? To je takmer neuveriteľné.

Catherine

Ver mi, láska moja. Je to úprimná pravda. Odtiaľto ideme do Quilombo. Začneme nový život bez ďalšieho prenasledovania. Život nám dal šancu byť šťastný. Musíme to využiť.

Zaci

Pravda. V tejto chvíli si predstavujem utrpenie všetkých mojich zavraždených bratov. Toto je náš úspech. Ani ja som si nemyslel, že budem šťastný zamilovaný. Ale prichádza veľké prekvapenie. Som úplne šťastná. Vďaka Bohu za to.

Taú

Vďaka nášmu veľkému Bohu. Začnime plánovať do budúcnosti. Výzva začína teraz.

Princ zo zlata 6

Leží v posteli

Barón

Prosím, potrebujem pomoc. Trpím mnohými bolesťami a osamelosťou. Necítim sa dobre. Zostaň so mnou. Dám ti veľa peňazí. Som bohatý muž a môžem splniť tvoje sny. Nehanbite sa. Môžeš prísť bližšie. Potrebujem teplo. Musím sa cítiť dôležitá. Okrem toho chcem mať dôvod žiť a snívať. Po všetkých tých rokoch si to zaslúžim. Vždy som bol k svojim zamestnancom férový. Vždy som bol úprimný vo svojom biznise. Potom si zaslúžim pauzu. Zaslúžim si ľudské útočisko.

Slúžka

Nerozosmej ma. Vždy si bol krivý bastard. Zotročil si čiernych a odviezol jeho dcéru odtiaľto. Okrem toho si zaslúžiš toľko trpieť, aby si zaplatil za svoje hriechy. Nedostanete moju pomoc. Budeš trpieť pomaly. Ani plat, ktorý platíš. Nie som tvoja dcéra! Ak by si chcel mier, prijal by si svoju dcéru. Si predhadzovaný, ignorantský starý muž. Myslíš si, že všetko sa točí okolo teba. Okrem toho, nie si nič iné, ako hnusný malý červ. Využi tento moment bolesti a mysli na všetky škody, ktoré si spôsobil. Kajaj sa na svoje chyby a snaž sa byť lepším človekom. Utrpenie energiou duše. Modli sa a požiadaj o ochranu pred svätými. Tvoj koniec je blízko. Smutná sága baróna z Mimoso.

Barón

Som v roztrúsení! Ľutujem, čo som urobil svojej dcére. Okrem toho som bol pre ňu tyranom a teraz som sám. Myslel som, že budem zdravý po zvyšok svojho života. Ale my sme smrteľní. Sme krehké bytosti, ktoré by nemali byť hrdí. Dúfam, že utrpenie uvoľní moju dušu. Chcem mať šancu na zmierenie s stvoriteľom. Keď sa nenaučíme v láske, učíme sa v bolesti. Zistil som to príliš neskoro.

Slúžka

Som rád, že si to premyslel. Požiadam o tvoju dušu. Táto choroba je beznádejná. Jeho smrť je nevyhnutná. Ale ak ho to napadlo, bola to dobrá príležitosť. Nech sa Boh nad tebou zľutuje.

Quilombo

Catherine

Ako analyzujete náš vzťah?

Zaci

Bol to dar na tomto svete. Keď som nemala nádej na šťastie, ukázala si sa. Keď ma uniesli v

Afrike, môj svet sa zrútil. Moje srdce sa len prepadlo hnevom, hnevom a rozhorčením. Všetko, na čo som myslel, bolo sklamanie v živote. Veľakrát som sa premietal a plakal so svojimi nešťastiami. Cítil som sa úplne sama a zúfalo. Cítil som sa, ako nič. Ale potom som stretol teba. Zamiloval som sa do teba. Zabudol som svoju minulosť mučenia a znovu som vstal. Okrem toho som mal odvahu čeliť svojim najhorším nepriateľom a stal som sa rešpektovaným, slobodným a šťastným mužom. Náš vzťah považujem za veľmi pozitívny. Rešpektujeme sa a veľmi sa milujeme. Každý z nás má slobodu robiť vlastné rozhodnutia. Cítim sa potešený. A ty? Ako sa cítiš?

Catherine

Cítim sa, ako úspešná žena. Zmenil som svoje koncepty a oživil som svoje nádeje. Okrem toho som sa otvoril osudu a našiel som sa, ako človek. Otvoril som svoj svet s novými možnosťami. Dnes som žena premenená Bohom a životom. Dnes chápem každú stránku ľudstva. Chcem hľadať nové veci a zažiť rôzne situácie. Naučil som sa, že žiješ. Okrem toho som pochopil, že všetko na svete má svoj čas a miesto. Chápem, že sa musíme chopiť príležitostí, pretože sú jedinečnými príležitosťami.

Musíme sa pokúsiť nájsť lásku bez príliš veľa očakávaní. Musíme odpustiť ostatným a napraviť naše chyby. Okrem toho musíme pokračovať v našich snoch a robiť nové plány. Musíme veriť v našu schopnosť aj v tvár veľkým prekážkam. Musíme byť hodní každú chvíľu.

Taú

Som šťastný za vás oboch. Som svedok vašej lásky. Okrem toho som išiel touto cestou od začiatku a môžem povedať, že táto láska je pravdivá. Potrebujeme viac príkladov, ako je tento v našom svete. Musíme veriť v lásku, aj keď nám uniká. Niektoré veci by sme mali zdôrazniť: viera, odvaha, odhodlanie, trpezlivosť, odbor a láska. Najväčšia z nich je láska. Zostaň v tej nálade. Máš všetko na vybudovanie nádhernej trajektórie mimo predsudkov. Vyhrávaš, pretože veríš vo svoj projekt. Zostaň stále odhodlaný. Vždy budem s tebou pre tvoju ochranu. Ďakujem tejto krajine, ktorá nás privítala s otvorenou náručou. Okrem toho sa už považujem za Brazílčana a som nadšený v súvislosti s národom. Nech národ rástol a rozvíjal. Máme veľký potenciál. Musíme svetu ukázať, čo má Brazília. Ste príkladom pár, ktorý fungoval. Nech to bude pokračovať z generácie na generáciu.

Koniec

www.ingramcontent.com/pod-product-compliance
Lightning Source LLC
LaVergne TN
LVHW021049100526
838202LV00079B/5377